Norbert Gstrein
Jorge Semprun

Was war und was ist

Reden zur Verleihung des Literaturpreises der Konrad-Adenauer-Stiftung am 13. Mai 2001 in Weimar

Suhrkamp

edition suhrkamp
Sonderdruck
Erste Auflage 2001

Originalausgabe

Satz: Jung Crossmedia, Lahnau
Druck: Nomos Verlagsgesellschaft, Baden-Baden
Umschlag gestaltet nach einem Konzept
von Willy Fleckhaus: Rolf Staudt
Printed in Germany

1 2 3 4 5 6 – 06 05 04 03 02 01

Inhalt

Jorge Semprun

Wovon man nicht sprechen kann

1918, aus Cambridge zurückgekehrt, schreibt der Philosoph das Vorwort zu seinem Buch.
Wir befinden uns in Wien.
Nach jenem Weltkrieg ist Wien gar nicht so übel, auch in Wien regt sich etwas.
Der Philosoph heißt Wittgenstein. Und er beendet also das Vorwort zu seinem Buch.
In Wien, im Jahre 1918, und er sagt:
»Dagegen scheint mir die Wahrheit der hier mitgeteilten Gedanken unantastbar und definitiv.«
Und weiter heißt es: »Ich bin also der Meinung, die Probleme im wesentlichen endgültig gelöst zu haben.«
Datiert Wien, 1918, und unterzeichnet mit zwei Initialen, die zweite für den bereits erwähnten Namen Wittgenstein, die erste für Ludwig.
Er wäre in der Tat keine üble Romanfigur, dieser von seinem Wissen, der unantastbaren und endgültigen Wahrheit seiner Gedanken so überzeugte Philosoph.
Er schreibt das Vorwort zu seiner *Logisch-philosophischen Abhandlung*, die später, seltsa-

merweise, überall unter einem lateinischen Titel, *Tractatus logico-philosophicus*, erscheint, vielleicht in Erinnerung an Baruch Spinoza oder aus Sehnsucht nach einer Weltsprache.

Aber mit diesem Vorwort, mit der Abhandlung, die es eröffnet, will ich mich heute nicht beschäftigen.
Heute will ich nur einen Satz des Wittgensteinschen Traktats erwähnen.
Den Satz – siebenter und letzter in der Reihenfolge der Hauptsätze der Abhandlung –, in dem es kategorisch heißt:
»Wovon man nicht sprechen kann, darüber muß man schweigen.«
Mit diesem einzigen Satz wäre hier theoretisch nicht nur eine »unantastbare« und »definitive« Wahrheit ausgesprochen, sondern auch eine praktische, eine soziale Praxis gefordert und angekündigt und dann vielleicht sogar verwirklicht worden; hätten wir – oder, genauer gesagt, hätte er, Ludwig Wittgenstein – mit einem einzigen Schlag die ganze Literatur vernichtet, zur Nichtigkeit verdammt.
Ist die Literatur nicht eben der Versuch, die Lust, sogar die Leidenschaft, über das Ver-

schwiegene, das Verdrängte, das Unsagbare zu reden und zu schreiben?
Wovon man nicht sprechen kann, weil es verboten oder verdrängt ist, weil es nicht zur Rede kommt, nicht in Rede steht, darüber muß man schreiben.
Darüber darf man keinesfalls schweigen.

Ich weiß natürlich nicht, was der österreichische Schriftsteller Norbert Gstrein, den wir heute mit dem Literaturpreis der Konrad-Adenauer-Stiftung ehren, über diesen Satz Wittgensteins sagen würde.
Obwohl er auch Logik und Mathematik studierte, scheint mir Norbert Gstrein nicht so schneidend und entschieden im Bezug auf die Unantastbarkeit oder die Endgültigkeit seiner Gedanken zu sein.
Darüber, über diesen Satz Wittgensteins, möchte er vielleicht einfach schweigen. Es scheint mir aber, daß seine Literatur einen Kommentar dazu darstellt.
Seine Bücher sind eine Antwort darauf.

Vor einigen Monaten hat Norbert Gstrein in einem Zeitungsgespräch gesagt – über W. G.

Sebalds Buch *Die Ausgewanderten* sprechend –, daß dieser eine richtige Sprache für das Thema Exil gefunden hat:
»... eine Sprache für den Verlust und das Verschwinden ... «
Die Erfindung und Ausarbeitung einer solchen Sprache für den Verlust und das Verschwinden – diejenige, die Wittgenstein nämlich zum Schweigen verurteilte – scheint mir die erste und ernsteste Aufgabe zu sein (oder Vergnügen: bei den großen Dichtern sind Aufgabe und Vergnügen immer eng verbunden), die Norbert Gstrein gewählt hat.

Seit den ersten Erzählungen, *Einer* und *Anderntags*, ist diese Sprache am Werk, zerstört diese Sprache Gstreins Convenancen und konventionelle Redensarten, Sprachroutinen, um alles, was zum Schweigen – also zum Verlust und zum Verschwinden – verurteilt schien, im fabelhaften Licht des Ausgesprochenen darzustellen, wenn es auch, möglicherweise, ein zweideutiges, sogar zwiespältiges Licht bleibt.

In seinen ersten Erzählungen hat Norbert Gstrein die Wunder und die Geheimnisse des Alltags erforscht und herausragend beschrieben.
Die Wunden des Alltags auch, selbstverständlich. Gibt es Wunder ohne Wunden? Er hat den schweigenden Außenseitern der österreichischen Dorf- und Berggemeinschaften zur Sprache verholfen, sie vor dem Verlust und Verschwinden gerettet.
Und sie, trotz der innerlichen – scharfen und zarten – Kritik gerechtfertigt, was wahrscheinlich noch wichtiger ist.

Mit den *Englischen Jahren* vollzieht sich im Werk Gstreins eine Wende.
Kein Bruch, sicher nicht. Aber eine Erweiterung, eine Vertiefung der Themen.
Darüber hat er in einem Gespräch gesagt:
»Es gab eine Zeit, in der über den Holocaust geschwiegen wurde, und es gab eine Zeit, oder: es gibt sie immer noch, in der man dieses Thema schlagwortartig zerredet hat. Vielleicht ist es jetzt erst möglich, einen Weg zu finden, sich damit auf angemessene Weise zu beschäftigen.«

Es wäre wirklich schön, wirklich ermutigend, wenn in der deutschsprachigen Literatur dieser neue Weg eröffnet und beschritten würde. Ich hoffe, vermute sogar, daß Norbert Gstreins *Englische Jahre* ein Zeichen davon und dafür sein werden.

Wir befinden uns nämlich in einer besonderen historischen Situation. Bald, spätestens in einigen wenigen Jahren, gibt es keine Zeugen mehr. Keine lebendigen Zeugen.
Niemand mehr will Rauch und Geruch des Krematoriums als persönliche Erinnerung, als inneres Erlebnis beibehalten. Niemand mehr will also von den Lagern wissen. Ich meine: mit Fleisch und Blut wissen.
Das ist natürlich nichts Neues. Immer schon ist Gedächtnis Geschichte geworden.
Das Sonderbare, das Eigenartige ist nur, daß diese historisch banale Erfahrung uns betrifft. Daß wir – unsere Generation und diejenige unserer Söhne und Enkel – es erleben müssen. Darum wäre es schön, wenn Erzählungen, Romane, Theaterstücke, Musikwerke und andere ästhetische Erfindungen den Platz der Zeugnisse einnähmen.

Wir brauchen jetzt junge Schriftsteller, die das Gedächtnis der Zeugen, das Autobiographische der Zeugnisse, mutig entweihen. Jetzt können und sollen Gedächtnis und Zeugnis Literatur werden.
Jetzt sollte man wie der französische Schriftsteller Boris Vian sagen dürfen:
»In diesem Buch ist alles wahr, weil ich es erfunden habe.«

Zum Schluß kehre ich zu Wittgensteins Traktat zurück.
Aber glauben Sie nicht, meine Damen und Herren, liebe Freunde, daß ich mit Wittgenstein eine persönliche Rechnung offen hätte.
Es handelt sich nur um eine philosophische Frage.
Im *Tractatus* schrieb er nämlich:
»Der Tod ist kein Ereignis des Lebens. Den Tod erlebt man nicht.«
Ich kannte diesen Satz schon vor meinen Erfahrungen im KZ Buchenwald. Bereits damals habe ich die Aussage als oberflächlich bezeichnet.
Natürlich kann der Tod kein Ereignis des Lebens sein, auch keine Erfahrung des reinen

Bewußtseins: er wird stets eine vermittelte, begriffliche Erfahrung sein, die Erfahrung einer praktischen, gesellschaftlichen Tatsache. Doch hinter dieser äußerst dürftigen Evidenz verbirgt sich nur eine tautologische Banalität. Wittgensteins Satz müßte streng genommen so lauten:
»*Mein* Tod ist kein Ereignis *meines* Lebens. *Meinen* Tod erlebe ich nicht.«

Später, im KZ, bestätigte sich dieser Satz, als ich den Tod der anderen – Kumpel oder Unbekannte – als persönliches Erlebnis erfuhr; als unser Mitsein-zum-Tode zum tiefsten und innigsten Erlebnis jener Zeit wurde, da gelang es mir, mit der Oberflächlichkeit von Wittgensteins Satz fertig zu werden.

Norbert Gstrein ist 1961 geboren: mit jenem Tod, mit jenem Mitsein-zum-Tode des nazistischen Lagers hat er nichts zu tun.
Trotzdem schreibt er in *Selbstportrait mit einer Toten*, einer Erzählung, die so eng mit den *Englischen Jahren* verbunden ist (und es geht um die Figur des Schriftstellers, dieses redenden und schweigenden und wütenden und

verwundeten Max, eines Doppelgängers vielleicht, aber nicht nur Gstreins: Doppelgänger aller Schriftsteller), trotzdem heißt es da:
»... als gebe es noch eine andere Gemeinschaft für ihn als die der Überlebenden.«
Und das stimmt: Überlebende sind wir.
Überlebende sind alle wahren Schriftsteller.
Das Schweigen, und den Verlust, und das Verschwinden haben wir überlebt.
Darum, obwohl Norbert Gstrein mit unserer Vergangenheit nichts oder nicht viel zu tun hat, hat er alles zu tun mit unserer Zukunft.
Wir warten auf seine neuen Bücher.
Ich erwarte sie.

Norbert Gstrein
Über Wahrheit und Falschheit
einer Tautologie

Ich weiß nicht, ob es die Erwartung an jemanden mit österreichischem Paß tatsächlich gibt, etwas über die sogenannten politischen Verhältnisse im Land zu sagen, oder ob ich mir das nur einbilde. Auf jeden Fall hoffe ich, daß es nicht das ist, was Sie von mir wollen, zumindest nicht in der wahlweisen Form eines Bekenntnisses oder eines leisen Tabubruchs in der Art eines Sonntagsredners, beides Varianten, sich aus der Affäre zu ziehen, die längst ritualisiert sind. Ein Sonntagsredner also, das bin ich, durchaus auch in der Bedeutung des nur einmal Dilettierenden, den dieser Begriff auch meint, kein politischer Redner, und wenn die paar Sätze, die ich aussprechen will, am Ende doch nach Österreich führen, um so besser, um so schlechter.

Lassen Sie mich lieber damit anfangen, Ihnen zu sagen, was es mir bedeutet, daß Jorge Semprun hier vor mir gesprochen hat. Ich nehme an, die meisten von Ihnen wissen, unter welchen Umständen er Weimar zum ersten Mal betreten hat, nach der Befreiung von Buchenwald, in Begleitung eines amerikanischen Offiziers, und doch ist es notwendig, noch einmal darauf hinzuweisen. Es ist auch notwendig, zu sagen, daß ich mir zu wenig im klaren war über das Ausmaß der Bitte, ihren Größenwahn vielleicht, ihre Ungeheuerlichkeit, ein ehemaliger Häftling eines deutschen Konzentrationslagers könnte an den Ort der Schande zurückkehren und dort über mich reden, gar eine Laudatio halten, jemand, der am eigenen Leib erfahren hat, was es bedeutet, unter den denkbar erniedrigendsten Bedingungen eingesperrt zu sein, auf einen, der damals noch nicht auf der Welt war und alles nur vom Hören und vom Lesen kennen kann.

Es ist keine einfache Situation, und weil ich zwar immer noch nicht wirklich weiß, nicht wissen kann, was es für Jorge Semprun bedeutet, nach Weimar zu kommen, aber immerhin so viel davon ahne, daß ich ihn wahrscheinlich nicht mehr darum bitten würde, habe ich ihm um so mehr zu danken, daß er heute hier ist.

Ich habe ihn zum ersten Mal vor einem Jahr in Hamburg getroffen, bei einem Symposium mit einem der Titel, wie sie zur Zeit im Schwang sind, »Erinnerung und Krieg«, »Krieg und Literatur«, »Literatur und Erinnerung«, ich weiß es nicht mehr. Es ist mir jedenfalls immer unangenehm, mit Autoren zusammenzukommen, von denen ich noch nichts gelesen habe, es erscheint mir wie eine unverzeihliche Nachlässigkeit, und leider hatte ich zu der Zeit wirklich so gut wie nichts von ihm gekannt, aber nicht das war die Katastrophe, sondern die Tatsache, daß ich geglaubt habe, ihn darauf hinweisen zu müssen. Als verkappte Entschuldigung ist mir dann noch eingefallen, der Grund sei, daß er einmal Politiker gewesen war, eine Dummheit, wie ich jetzt weiß, ein lächerlicher Snobismus, von dem ich aber nicht wußte, wie er ihn aufgenommen hat, als romantische Kopflosigkeit eines Grünschnabels oder als einen Streich, der ihm allzu bekannt war, bis ich in seinem Buch *Federico Sánchez verabschiedet sich* die Antwort gefunden habe, »ein Intellektueller, der eine solche Verachtung des Politischen zur Schau trägt, muß sich den Vorwurf der Heuchelei und eines abstrakten und dumpfen Moralismus gefallen lassen«.

Wie auch immer man dazu stehen mag, ich habe es mir auf jeden Fall allzu leicht gemacht, indem ich den Politiker wahrgenommen habe und nicht den Schriftsteller, geschweige den ehemaligen Häftling von Buchenwald, und es ist ein schwacher Trost, damit wenigstens nicht Gefahr gelaufen zu sein, vielleicht noch die größeren Dummheiten zu sagen, etwas wie der französische Soldat in Eisenach in Jorge Sempruns Buch *Schreiben oder Leben*, einen locker hingeworfenen Satz wie »Du kommst aus dem Lager?« und dann »Es war hart, was?«

Seither habe ich seine Bücher gelesen in der zunehmenden Gewißheit, ich hätte das früher tun sollen und hätte mir damit Umwege und Sackgassen erspart, in meinem Denken, der Entwicklung des dafür notwendigen Mutes und meinen Vorstellungen vom Schreiben. Wenn ich vom autobiographischen Werk Jorge Sempruns spreche, und dabei vor allem von dem Teil, in dem Buchenwald im Vordergrund steht, von *Die große Reise, Was für ein schöner Sonntag* und *Schreiben oder Leben*, so sind das durchwegs Bücher, deren Wagnis sich mit einem Satz charakterisieren läßt, auch wenn ich vor dem Satz zurückschrecke, einerseits weil er als formelhaft aufgenommen werden muß, um den Schock seines Inhalts zu neutralisieren, andererseits weil ich von gerade diesem Inhalt selbst zu wenig weiß, als daß ich ihn vollmundig aussprechen könnte. Lassen Sie mich trotzdem sagen, es sind Bücher, die dem Tod abgerungen sind, Bücher, die ihre eigene Entstehung, die Schwierigkeit, das Risiko ihrer eigenen Entstehung miterzählen, und allein schon dadurch für mich über ihre unbestreitbare Zeugenschaft hinaus literarisch von größtem Interesse. Das all diesen Büchern eingeschriebene Problem ist die paradoxe Situation des Erzählers, die darin besteht, daß er für das, worüber er sprechen will, den Tod erlebt haben müßte, oder, wie es einmal heißt, das Dilemma, den Tod der anderen überlebt zu haben, aber nicht sicher zu sein, ob das für den eigenen auch gilt.

Es wird schnell Wortgeklimper, mag es auch noch so dunkel in Szene gesetzt sein, endet in standardisierten Betroffenheitssätzen oder verweht in einer wohl metaphysisch zu nennenden Leere, wenn man als jemand, dem diese Erfahrung ganz und gar fehlt, darüber zu sprechen versucht. Daß man dabei in Bereiche vordringt, in denen die Sprache, und mit ihr das Denken, an eine Grenze gelangt, wird einem aber immerhin klar, sobald man nur erkennt, daß bis dahin unumstößlich erscheinende logische Gesetze plötzlich nur mehr bedingt gültig sind oder einfach falsch. »Die Lebenden leben und die Toten sind tot«, dem ersten Anschein nach eine wenn vielleicht auch allzu anmaßend und unverschämt klingende Tautologie, ist auf einmal alles andere als das, ein sinnloser Satz ohne jede Bedeutung oder gar ein Widerspruch, über den man sich lange streiten könnte.

Daß es sich darüber hinaus um den Titel eines Buches handelt, das ich in meinem Roman *Die englischen Jahre* dem vermeintlich jüdischen Schriftsteller Gabriel Hirschfelder unterschiebe, soll nicht unerwähnt bleiben, und es ist nicht das einzige Detail darin, das mir jetzt wie eine Widerspiegelung von Motiven aus Jorge Sempruns Leben und Werk erscheint und mich zum bekennenden Plagiator von etwas mir vorher nicht bekannt Gewesenem macht.

Es mag vermessen sein, Parallelen herzustellen, ist mein Roman doch das Produkt, wenn man so will, von Recherchen, ein Buch insbesondere auch aus Büchern, während Jorge

Semprun von seinem Leben und von seinem Tod erzählt. Dennoch, angefangen mit dem jahrelangen Nichtschreiben, über die Identitätsvertauschung, die aus einem nichtjüdischen, österreichischen Flüchtling einen jüdischen macht, bis hin zu seinem Exil, erinnert mich die erfundene Biographie meines Schriftstellers Gabriel Hirschfelder an so manches aus dem Leben von Jorge Semprun, an sein nach dem Krieg fast zwanzig Jahre währendes Schweigen, bevor er sein erstes Buch veröffentlicht hat, seine wechselnden Namen als Agent im spanischen Untergrund, seinen Verlust der Heimat im Jahr 1936, als die Familie vor dem Franco-Regime aus Spanien emigriert ist. Mir wird schwindlig, wenn ich darüber nachdenke, wie reale und fiktive Räume einander durchdringen, wenn ich mir vorzustellen versuche, was an den Daten, mit denen ich einen Teil der Kapitel meines Romans überschrieben habe, tatsächlich passiert ist, Daten aus dem zweiten Kriegsjahr, dem 17. Mai 1940 etwa, den ich gewählt habe als Hommage an Claude Simon, der in mehreren seiner Bücher erzählt, wie er an diesem Tag auf einer Straße in Flandern, von vorrückenden Deutschen beschossen, gerade noch mit dem Leben davonkommt, nachdem seine Kompanie zerschlagen worden ist. Ich habe es so gewollt, daß es der Tag sein soll, an dem Gabriel Hirschfelder, als sogenannter feindlicher Ausländer kategorisiert, in einer Londoner Schule auf seinen Abtransport in ein Internierungslager auf der Isle of Man wartet, und während ich mir überlege, ob zu der Zeit Walter Benjamin noch in Paris ist oder schon unterwegs auf seiner Flucht in den Süden Frankreichs, die schließlich in Port Bou mit seinem Freitod endet, ob sich Vladimir Nabokov bereits an Bord des Schiffes befindet, das ihn von Saint-Nazaire aus in die Freiheit bringen soll, nach Amerika, sehe ich Jorge Semprun vor mir, als Schüler des Lycée Henri IV, wenn ich mich nicht täusche, nicht lange bevor er sich der Résistance anschließt und zwei Jahre später von der Gestapo verhaftet und nach Buchenwald deportiert wird.

Die Bedeutungen verschieben sich, und wenn ich in meiner Erzählung *Selbstportrait mit einer Toten*, die eng mit dem Roman *Die englischen Jahre* zusammenhängt, auf den Satz stoße, »natürlich weiß ich nichts vom Exil, aber dieser Narr weiß noch weniger, natürlich weiß ich nichts, aber immerhin, daß ich mir sein *Parisgequatsche* nicht anzuhören brauche, *Exil ist nur ein anderer Ausdruck für Erfrieren*... wer vom Exil sprechen wolle, müsse von *Schnee und Eis* sprechen und nicht von *Clochards und Bohemiens*, müsse von der Einsamkeit sprechen«, so werde ich das in Zukunft kaum mehr tun, ohne an die Bedeutung zu denken, die Schnee im Werk von Jorge Semprun hat. Wenn es das jemals war, wird es kein unschuldiges Wort mehr für mich sein, weil es auch den Schnee in seinen Büchern meint, den Schnee, der sich mit dem Rauch des Krematoriums vermischt, den Schnee, der auf Buchenwald fällt, den Schnee, das Gestöber am 1. Mai 1945 auf die roten Fahnen des traditionellen Umzugs in Paris, »genau in dem Moment«, wie er schreibt, »wo eine Schar Deportierter in gestreiftem Anzug die Place de la Nation erreichte«. Es ist der Schnee, der in seinem gerade zum ersten Mal auf deutsch erschienenen frühen Roman *Die Ohnmacht* das Thema schon im ersten Satz bestimmt, in dem es heißt: »Er fragt sich, warum es in seinem Gedächtnis soviel Schnee gibt, soviel knirschenden Schnee in seiner Schlaflosigkeit«, und wenn ich das lese, weiß ich nicht mehr, ob es sich um einen Zufall handelt oder um was sonst, daß Gabriel Hirschfelders Lieblingsbild ausgerechnet das Bild *Snow Storm* von William Turner ist.

Es soll aber nicht das sein, was ich an Jorge Sempruns Werk besonders hervorheben will, sondern seine schon angedeutete, fortwährende Beschäftigung mit der Frage, wie sich überhaupt über seine Erfahrungen in Buchenwald erzählen läßt. Bereits in seinem ersten Buch *Die große Reise* schreibt er über die Vorstellung von einer Zeit, »wenn keine genaue Erinnerung mehr an das alles wach wäre, sondern nur noch die Erinnerung an die Erinnerung, der Bericht von der Erinnerung im Mund derer, die nie mehr wirklich wissen werden ... was das alles einst in Wirklichkeit war«, und ich lese seine Bücher jetzt als Palimpseste, Überblendungen oder, um ein Wort von ihm selbst aufzugreifen, ständige Neuerfindungen der Wahrheit. Die Fakten stehen fest, aber um sie zu beleben, um zu gewährleisten, daß sie nicht einfach hingenommen werden, am Anfang noch irritiert, später achselzuckend oder vielleicht nicht einmal mehr das, braucht es Methode, und ich wüßte nicht, wer sich dessen mehr im klaren wäre als der Autor von *Schreiben oder Leben*, wenn er einerseits von der Ungeduld berichtet, die bei ihm aufkommt angesichts der unstrukturierten Erinnerungen eines Überlebenden von Mauthausen, dessen nie angezweifelte Glaubwürdigkeit ihm plötzlich wie bloße Rhetorik erscheint, während er andererseits selbst bei einem jungen, französischen Offizier auf schroffe Ablehnung stößt, weil er seinen Bericht über das Lager scheinbar harmlos mit den Sonntagen und ihren Filmvorführungen beginnt und nicht sofort auf das Zentrum des Schreckens zusteuert, das Krematorium, die vor Erschöpfung Sterbenden, die öffentlich Erhängten, das Leiden der Juden, und damit den Erwartungen entspricht. Es erstaunt mich, wie es jemandem, der die äußerste Nähe von all dem hat aushalten müssen, gelingt, so viel Distanz einzunehmen, aber es ist genau diese Distanz, glaube ich, und eine langsame Annäherung, die am ehesten die Erinnerung wachhält, eine Distanz, die offenbar manchmal weniger aushaltbar ist als die vermeintliche Nähe, die in den vorgesehenen Formen des Redens darüber oft allzu beschaulich, allzu starr und ihrer selbst gewiß erscheint. Ich habe immer geglaubt, es würde keinen Roman geben mit Szenen, die im Inneren einer Gaskammer spielen, bis ich auf *Die Ölgärten brennen* von Alexander Sacher-Masoch gestoßen bin, bereits 1943 im Exil auf der damals italienisch besetzten kroatischen Insel Korčula geschrieben und vor ein paar Jahren vermutlich im Gefolge der Kriege auf dem Balkan neu aufgelegt, aber man braucht gar nicht so weit zu gehen, muß auch nicht über Buchtitel stolpern wie *Eine Liebe in Auschwitz*, um zu ahnen, daß man bei diesen Themen mit der Ästhetik eines Trivialromans oder eines Thrillers nicht weit kommt. Es ist nicht schwer einzusehen, daß eine bloß additive Aufzählung von Greueln ab einem bestimmten Punkt das gerade Gegenteil von dem bewirkt, was damit wahrscheinlich beabsichtigt war, statt aufzurütteln nur abstumpft, noch die größte Katastrophe konsumierbar macht, und von den mir bekannten Romanen von Nachgeborenen, die in der Darstellung der Verbrechen des Nationalsozialismus scheitern, scheitern die meisten, weil in ihnen die Beziehung zwischen Fakten und Fiktion nicht geklärt ist, weil sie an eine naive Abbildbarkeit glauben und zugunsten einer sympathetischen Haltung auf Reflexion verzichten. Wenn ich es salopp sage, ist das Problem bei diesen Büchern, daß in ihnen das Erzählen kein Problem zu sein scheint, weil sie von der paradoxen Situation nichts wissen, die jeder Versuch einer Annäherung nach sich zieht, nichts wissen und wahrscheinlich auch nichts wissen wollen, solange sie sich hinter ihrer eigenen Rührseligkeit verbergen können.

Lassen Sie mich drei Beispiele geben, in denen es jeweils um den Blick geht, die Augen, um Ihnen zu zeigen, was passiert, wenn man gegen das Gebot, sich kein Bild zu machen, verstößt.

Jorge Semprun erzählt in *Schreiben oder Leben*, wie er gleich nach der Befreiung von Buchenwald aus der Reaktion von drei britischen Offizieren Rückschlüsse auf sein Äußeres zieht: »Es bleibt also nur mein Blick ... der sie derart beunruhigen kann«, steht dort geschrieben. »Es ist das Grauen meines Blicks, das der ihre offenbart, von Grauen erfüllt.

Wenn ihre Blicke ein Spiegel sind, dann muß ich einen irren, verwüsteten Blick haben.«
In Danilo Kiš' Vorwort zur französischen Ausgabe des Buches *7000 Tage in Sibirien* von Karlo Štajner, das dessen Frau Sonja gewidmet ist (»Dieses Buch widme ich meiner Frau Sonja, die treu auf mich gewartet hat«), heißt es über sie: »Doch in den Augen... in diesen Augen, eingebettet im Gesicht einer schönen Frau (einer immer noch schönen Frau), entdecke ich, was ich noch nie im Leben gesehen habe: *tote Augen*! Nicht Augen wie bei einem Blinden, nicht blinde Augen, sondern Augen, die kein Schriftsteller je beschrieben, die wohl keiner je gesehen hat, tote Augen in einem lebendigen Gesicht. (Und hilflos stehe ich jetzt vor diesem Blick, weil noch keiner dergleichen beschrieben hat, weil ich somit von einem Phänomen spreche, das der Leser nicht zu identifizieren vermag, – psychologische Erklärungen taugen hier nichts.)«
Aber dabei soll es nicht bleiben, gibt es doch die unermüdlichen Journalisten in meinem Roman *Die englischen Jahre*, die Gabriel Hirschfelder besuchen, zum Judenschauen, wie es dort heißt, nach Southend-on-Sea pil-

gern und, wenn sie gar nicht mehr wissen, was über ihn sagen, von Mal zu Mal bei den gleichen Klischees landen: »Dann verbreiteten sie sich unweigerlich über seine angenehme Erscheinung und kamen im Zweifelsfall vor Verlegenheit immer auf seine Augen zu sprechen, hätten ihnen im Lauf der Zeit alle Farben angedichtet, die es auf der Skala gab, und die buntesten Seifenblasen in den Himmel steigen lassen, hätten sich zu der Gewagtheit verrannt, es wären Augen wie die einer Prostituierten, die an einer Straßenecke im Regen stand, Augen wie die eines Weltkriegskämpfers, der gerade einen Fronteinsatz hinter sich hatte, oder sie verlegten sich auf Spitzfindigkeiten, wären nicht müde geworden, darüber zu streiten, ob er im Exil noch einmal ins Exil geraten sei, so isoliert, wie er war.«

Das macht, um in der schon angeschlagenen biblischen Sprache zu bleiben, den Sündenfall aus, die wortreiche und ach so einfühlsame Beschreibung von etwas, das sich dieser Beschreibung entzieht.

Es ist indes kein Zufall, daß ich Danilo Kiš erwähne, den jugoslawischen Schriftsteller, der sich unter anderem in seinem Erzählband *Ein*

Grabmal für Boris Dawidowitsch mit den sowjetischen Lagern auseinandergesetzt hat, sowie Karlo Štajner und seine *7000 Tage in Sibirien*, läßt sich doch auch über Jorge Sempruns Werk nicht ohne den Hinweis auf das sprechen, was sich dahinter verbirgt. Tatsächlich sind es beklemmende Stellen, wenn er beschreibt, wie bereits im Augenblick der endlich wiedererlangten Freiheit die ersten Zeichen einer neuen Unfreiheit sichtbar werden in einem gigantischen, gespenstisch realistischen Portrait von Stalin, am Tag nach der Befreiung von Buchenwald von Gefangenen an einer ihrer Baracken angebracht, oder wenn er sich klarmacht, daß bereits in den Wochen darauf die ersten Überlebenden aus den Nazilagern in den Lagern des Gulag verschwanden. Man braucht nicht Vergleiche anzustellen oder die Unvergleichbarkeit der beiden Systeme zu konstatieren, um dennoch von einer schauerlichen Kontinuität zu sprechen, einer Kontinuität, die, Goethe hin, Goethe her, am Ettersberg ihren symbolischen Ort hat, wo das Lager ein paar Monate nach Kriegsende unter stalinistischer Führung seinen tödlichen Betrieb wiederaufnahm.

Was bei Danilo Kiš noch die Forderung an den Intellektuellen ist, auf beide politischen Jahrhundertverbrechen die richtige Antwort zu finden, spitzt sich bei Jorge Semprun zur Erkenntnis zu, zweimal überlebt zu haben, das Nazilager und den ideologischen Terror des Stalinismus.

Die große Reise war schon in Druck, schreibt er, als er *Ein Tag im Leben des Iwan Denissowitsch* gelesen hat und augenblicklich zum Schluß gekommen ist, von vorn anfangen zu müssen, gerade weil er Kommunist war und ihm daher die einfache Wahrheit seiner Zeugenschaft nicht mehr ausreichte, nicht anders zu können, als über seine Erfahrungen in Buchenwald mit dem Wissen um die anderen Lager noch einmal zu erzählen.

Ich erinnere mich nicht mehr, wann genau mir zum ersten Mal ein Buch von Solschenizyn in die Hand gefallen ist und ob es *Ein Tag im Leben des Iwan Denissowitsch* war oder eher doch *Der Archipel Gulag*. Es handelte sich um ein blaues oder grünes Exemplar, das weiß ich noch, das plötzlich bei den Kochbüchern, den Herz-und-Schmerz-Schmökern und den Karl-May-Bänden stand und im Hotel meiner Eltern auf dem gleichen Weg ins Haus gekommen sein dürfte wie die meisten anderen Bücher auch, als Vorzugsausgabe der Buchgemeinschaft Donauland, was bedeutete, daß wahrscheinlich auch viele andere Haushalte es besaßen, oder als Mitbringsel eines Gastes, wenn er es nicht überhaupt nur zufällig liegengelassen hatte. Ob darüber geredet worden war oder ob es nur an den Anpreisungen des Klappentextes lag, vermag ich nicht zu sagen, es hatte jedenfalls, wenn schon nicht die Aura von etwas Verbotenem, so doch die damit verbundene Anziehungskraft, und so unangebracht der Vergleich ohne Zweifel klingt, kann ich mir doch denken, daß ich darin geblättert habe wie sonst nur in den aufgeblasensten Wälzern auf der Suche nach eindeutigen Stellen.

Man mag sich nun fragen, ob ich auf die gleiche Weise auch auf ein Buch über die Nazilager hätte stoßen können, irgendwann in den frühen siebziger Jahren in der österreichischen Provinz, in einer zufälligen Zusammenwürfelung von Büchern, die auf mich jetzt, zumindest was Solschenizyn betrifft, nicht mehr ganz so zufällig wirkt. Was auch immer dabei herauskommt, es scheint mir wahrscheinlich, daß *Der Archipel Gulag* zu der Zeit und an dem Ort, egal wie das Buch dort hingelangt ist, eine Funktion gehabt hat, die nicht unschuldig war. Es sollte, fürchte ich, ob gelesen oder nicht, durch seine schiere Existenz etwas beweisen, was es nicht beweisen konnte, geradeso, als wäre Buchenwald verständlicher, ich weiß nicht, welches Wort dafür verwenden, verzeihlicher oder im äußersten Fall nur halb so schlimm, weil es Kolyma gab.

Davon kann keine Rede sein, aber man wird sich sicher erinnern, daß ungefähr zur gleichen Zeit das gleiche Buch unter manchen Intellektuellen am liebsten wegdiskutiert oder überhaupt totgeschwiegen worden wäre, und damit auch das, was es tatsächlich beweist, und wenn Jorge Semprun darüber schreibt, liest sich das nicht zuletzt wie der skrupulöse Rechenschaftsbericht eines ehemaligen Parteimitglieds, ganz anders als die besserwisserische Antwort, die Gabriel Hirschfelder einem Interviewer auf die Frage gibt, »ob der Glaube an den *Sozialismus* … im Exil eine Hilfe gewesen sei«, die verbohrt strenge Zurückweisung, »er habe nicht einen Augenblick an den *Sozialismus* geglaubt, an den *Sozialismus* nicht und an sonst auch nichts«.

Es sind etliche Selbstzitate zuviel, ich weiß, aber ich hoffe, Sie verzeihen mir das und wollen die Anekdote noch hören, die ich loswerden möchte, als Angehöriger, so sagt man doch, eines ins Zwielicht geratenen Staates, dessen innenpolitische Diskussion mir im vergangenen Jahr manchmal wie ein außer Rand und Band geratenes Sandkastenspiel vorgekommen ist, in dem sich verzogene und leicht zurückgebliebene Kinder gegenseitig mit Dreck bewerfen, obwohl ich natürlich weiß, es sind keine Kinder, und es ist kein Spiel, es sind Erwachsene, verzogen auch sie, auf den ersten Blick leicht zurückgeblieben, und es ist zumindest ernst, wenn nicht sogar todernst gemeint.

Das, was ich Ihnen erzählen will, ohne Pointe, das sage ich lieber gleich, spielt am Tag der Wiener Wahlen, nach einem Wahlkampf mit nicht anders als antisemitisch zu nennenden Ober- und Untertönen, den schon erwartbaren Verharmlosungen und Schönredereien und leider auch so mancher eigentlich richtiger Replik darauf, die bei allem gerechtfertigten Widerspruch im moralischen Furor ihren totalitären Ursprung nicht verhehlen konnte. Ich hatte die Einladung einer Zeitung, etwas darüber zu schreiben, aber weil ich das nicht kann und auch nicht will, bin ich statt dessen in der Absicht, mir zu überlegen, worüber ich in Weimar reden könnte, ganz die Karikatur eines Bohemiens, von Kaffeehaus zu Kaffeehaus gezogen und habe noch einmal *Schreiben oder Leben* gelesen. Es muß wie dreist erfunden klingen, doch war ich tatsächlich gerade bei dem Kapitel angelangt, das mit »Der Tag, an dem Primo Levi starb« überschrieben ist, der Stelle, in der Jorge Semprun beschreibt, wie er genau an dem Tag, am 11. April 1987, dem Jahrestag der Befreiung von Buchenwald, aus der Arbeit an einem Roman heraus- und in die ersten Sätze des Buches hineingerissen wurde, das ich in der Hand hatte, Sätze, die mir noch im Kopf herumgingen, als ich ins Freie trat und dort fast mit dem für Kunst zuständigen Staatssekretär zusammengestoßen wäre, der sich, offenbar schwer an der seit Stunden klaren Niederlage seiner Partei tragend, die Josefstädter Straße hinauf entfernte. »Sie stehen vor mir, mit aufgerissenen Augen, und ich sehe mich plötzlich in diesem schreckensstarren Blick: ihrem Entsetzen. Seit zwei Jahren lebte ich ohne Gesicht. Kein Spiegel in Buchenwald. Ich sah meinen Körper, seine zunehmende Magerkeit, einmal in der Woche, beim Duschen. Kein Gesicht auf diesem lachhaften Körper. Manchmal strich ich mit der Hand über eine Augenbraue, über hervortretende Backenknochen, eine hohle Wange ... «, erinnerte ich mich an die soeben gelesenen Worte und schaute der immer kleiner werdenden, im Abendlicht verschwindenden Gestalt nach.

Die Rede von Jorge Semprun erschien unter dem
Titel *Alles wahr, weil erfunden* in der Frankfurter
Allgemeinen Zeitung vom 17. Mai 2001.
Eine gekürzte Fassung der Rede von
Norbert Gstrein erschien in der
Neuen Zürcher Zeitung vom 26./27. Mai 2001.

Norbert Gstrein, 1961 in Mils (Tirol) geboren, lebt zur Zeit in Hamburg und Wien.

Seine Bücher im Suhrkamp Verlag

Einer
es 1483. 118 Seiten

Anderntags
es 1625. 116 Seiten

Das Register
st 2298. 300 Seiten

O_2
st 2476. 170 Seiten

Der Kommerzialrat
Gebunden und als st 2718. 148 Seiten

Die englischen Jahre
Gebunden und als st 3274. 400 Seiten

Selbstportrait mit einer Toten
Klappen-Broschur. 112 Seiten

Jorge Semprun wurde 1923 in Madrid geboren. Schule und Studium absolvierte er in Paris. 1942 trat er in die kommunistische Partei ein. Ein Jahr später wurde er von der Gestapo gefaßt und ins KZ Buchenwald deportiert. 1945 kehrte er nach Paris zurück und kämpfte seit 1953 im Untergrund gegen das Franco-Regime in Spanien. Von 1988 bis 1991 war er spanischer Kulturminister. 1994 hat er den Friedenspreis des Deutschen Buchhandels erhalten. Jorge Semprun lebt als freier Schriftsteller in Paris und Madrid.

Werke im Suhrkamp Verlag

Algarabía oder Die neuen Geheimnisse von Paris
st 1669. 453 Seiten

Federico Sánchez verabschiedet sich
st 2636. 355 Seiten

Die große Reise
st 744. 239 Seiten

Schreiben oder Leben
st 2727. 364 Seiten

Unsre allzu kurzen Sommer
st 3253. 256 Seiten

Was für ein schöner Sonntag!
395 S. Gebunden
st 3032. Romane des Jahrhunderts. 394 Seiten

Der weiße Berg
st 1768. 268 Seiten

Der zweite Tod des Ramón Mercader
Gebunden und als st 564. 382 Seiten

Jorge Semprun/Elie Wiesel
Schweigen ist unmöglich
es 2012. 60 Seiten